KB071883

청어詩人選 164

거짓말처럼 다시 꽃이 핀다

김화용 시집

도서출판 청어

거짓말처럼 다시
꽃이 핀다

작은 새, 손에 들린 건

"그대 있음에 시가 있네"

지난 2012년 두 번째 시집을 내고 난 후 지인으로부터 받은 덕담
이다. 이 글귀는 그저 종이 위에 쓰인 것이 아니라 밤을 새워 한 땀
한 땀 손수 수를 놓아 예쁜 액자에 담아준 것으로 평생 잊을 수 없
는 감동의 선물이다.

그녀는 고등학교 동기생의 아내이다. 평소 순수하고 음전하기에
마음속으로 존경의 뿌리를 내리고 있었는데, 이토록 시심 깊은 선
물이 다시금 붓을 잡게 만들었고, 그런 날들이 쌓여 작고 설익은 과
실 같은 또 한 권의 시집을 내는 원동력이 되었다.

한 편의 시 속에 인생이 담겨 있다면, 한 권의 시집엔 수많은 인
생의 곡절이 담겨 있다. 이번 시집은 편집상 주제별로 모은 것도 있
지만, 대부분은 시집 1, 2와 마찬가지로 격식 없이 시를 지은 날짜
의 순서대로 가감 없이 실었다.

요즘은 여러모로 편리한 세상이다. 그 편리함이 좋아 시도 편리
하게 짓는 탓인지 육필보다는 톡톡 자판을 두드리고 클릭 한 번이면

멋지게 복사가 되어 시 한 편이 뚝딱 책상 위에 떨어진다.

하지만 알량한 양심이 심상 깊은 곳에서 눈알을 부라리는 것만 같아, 옛 시인이 걸었던 산중 고난을 떠올리며 고뇌하는 공감의 시간을 느껴보려고 여러 시를 육필로 긁적여도 보았다. 격려는 용기가 되어 다시금 책상 깊숙이 먼지를 뒤집어쓰고 있는 시의 몸을 털어주며 세상 밖으로 날려 보냈다.

시를 짓고 시집을 내는 일은 어쩌면 저 좋아서 하는 행위이기도 하지만, 한편으로는 시 속에 들어 있는 자신을 찾는 애처로운 몸부림임을 부인할 수 없다. 나를 찾아보고 나를 꺼내 놓고 양쪽 어깨에 날개를 붙여주고 훨훨 날려 보낸다.

'작은 얼굴 가진 작은 새야, 손거울 비추며 멀리 날아가거라.'

2012년 8월 시집을 내고 이번 시집까지 오는 데 근 6년 반이 소요되었다. 결코 짧은 공백이 아니다. 그 사이에 수필집을 내느라

심신의 여력이 없었던 변명이 고개를 든다. 수필에 심취하다 보니 솔직히 시보다 재미도 나고 절절이 하고 싶은 말도 늘어놓을 수 있어서 시집을 내려는 마음속 자양분이 상대적으로 적었나 보다.

이제 다시 시에 눈을 돌려 나만의 느낌과 감상을 공유해 보고 싶다는 마음으로 '나에게서 너에게로' 내 마음의 손거울을 세상에 건넨다. 내게서 다 비추지 못한 세상 더 많은 사람의 손에서 더 멀리 더 높이 더 아름답게 비추어지기를 소망한다.

이번 시집 속에도 여러 사람의 땀과 수고가 들어 있어 또 한 번의 빚을 지게 되었다.

먼저 레인보우 레이델의 이병구 사장님과 아시아나 항공의 신수정 님이 척박한 이국땅으로 틈틈이 문학책을 보내주어 시심을 키우는 데 큰 도움이 되었다. 더불어 시 한 편이 지어지면 보낼 곳을 주저할 필요 없이 지음인 미라벨 님에게 날려 보냈다. 그녀의 고견이 피가 되고 살이 되었으며 교정을 보는 내내 문우의 정을 더해갔다.

예부터 책을 내는 일은 쉽지 않은 일이다. 이유나 목적을 금전으로 결부시키지 않는 경우라면 자신의 외적 명예로 삼을 수도 있겠지만, 효도의 방편이었다는 사실에 시안이 꽂힌 건 사실이다. 부족한 글재주이지만 이토록 낳아 주신 부모님의 은혜에 보답하는 일 중 하나라는 옛 선비들의 경우에 비추어, 이번 시집을 부모님 영전에 바치며 가벼운 마음으로 홀로 떠간다.

근심 없는 마음에
수심이 없는 건
책 없이도 절로 아는 세상 이치이지

뜬구름에 뜬풀로 내 몸 가벼워
두둥실 떠간다

호주 시드니 외진 곳에서
도담 김화용

차례

1부

타래박

세상 사는 일은
이 일 저 일 붉은 살점 떼어
빈 바구니에 쓸어 담는 일인가

칸칸이 막힌 골목 바닥의
도토리 한 알을 침묵으로 줍다가
떨어진 세월을
무릎 위에 올려놓고 세어 보기도

조금은 이문이 남아 웃을지
손해만 봤다고 웃을지

잘방잘방 시 한 줄 타래박으로 내려
찻잔 물로 길어 담는다

이 물이든 저 물이든
입술 적시는 차는 모두 업보(業報)인지
뜨겁기만 하다

아름다운 우리말

긴말 줄인
우리말
귀 간질이듯 소슬슬

바쁜 하루 시작하는
새들 지저귐에

들에 비가 내리니
먹이가 나올까

소르르 뜨레비
아름지* 짹짹짹
지렁이 살살 고개를 든다

* 아름지 : 아름다운 새들의 지저귐

고송(古松)

오천 년 외진 절벽
푸른 옷 소나무에
굽은 몸 마디마다 슬픈 눈이지만

세찬 바람 흔들어도 뿌리 깊어
향도 짙고 절개 높아

더 잔인한 겨울이 와도
고드름 끝 눈물조차 흘리지 않고
홀로 푸르름에 먼동이 튼다

이제 저제 기다림은
잘린 땅을 박차고 하늘 날아 용 비늘 비비며
태양 속에서 합장을 한다

날아드는 반가운 삼족오가
태양에서 막 끓여온 차 한 잔 내온다
이제 차를 마실 시간이다

등(燈)

푸른 꿈 피어오른 지 얼마던가
인색한 육십재를 넘다
옹알이하는 그늘에 잠시 등을 기댄 채

그 안에 봄여름 철 따라
그리움 한 아름 깨물어
더러 저녁에 하얀 찻잔에 눈물이라도 담아
문 두드리고 싶은 집 찾아가는 길

밤공기 휘휘 젓는 기다란 눈 막대기로
반짝 등(燈)을 켜면
해무에 일렁이던 이름 하나가
춤추는 영혼의 이름표를 들고 우럭우럭
빛을 뱉는다

등 굽은 빛 사이로
달려오는 빠알간 입술
그 입술 맞으려 밤이면 덕지덕지 분칠을 한다

스르릉 아침을 여는 소리

세상 한쪽에서 시작하여 다른 한쪽까지
따라가는 인연의 기침소리

하늘과 땅을 잇는 편린으로
깊은 가을의 손에 인연이 알을 품습니다

오랜 만남 굽은 세월 안으며
채 털리지 않은 주머니 한구석에서
검버섯이 핍니다
채워도 다 채울 수 없는 허기진 사랑이
아파하는 까닭인가 봅니다

아름다운 물빛 두드리는 소리가
때론 어린 여운으로 목젖을 울리고
함께 맞는 아침이
똑똑 꽃비 젖은 문밖 두드림에
손님 맞으러 파란 대문을 활짝 엽니다

시시포스 달빛

동천(冬天) 머리 밝히는 자라의 목으로
민머리 드는 팔요일 밤하늘이 활활 탄다

올해도 산 자의 속살 타는 기도에
바라춤 징 소리를 얹어 떼쓰며 우짖는 밤

달 속 토끼보다
미더운 두꺼비의 불알을 만지려
지치지도 않고 오르는 시시포스의 쉬지 않는 기도가

높은 언덕에 발목까지 삐끗대며
두꺼운 발자국으로 골만 깊어간다

어느 오월 산

그리 차지 않은 땅속에
마음 묻고 목소리를 묻어도
여여한 물소리는
슬픈 시처럼 끝도 없이 흐른다

솔가지 스치는 바람의 소리
산 공기 듬뿍 넣은 막걸리 한 사발

빈대떡 한 접시 얹어
열 사람 둘러앉은 술상
종이 위에
용출봉 신들린 붓소리가 사각사각 흔들린다

소나무 가지 끝 짙은 향기에
북한산 발소리 기다리며
용이 되어 서녘 하늘에 누워있을까

석양은 검붉어도 먹구름처럼 다 울지 못하고
다시 부르는 일출에
고독한 시름을 활짝 펴 보겠지

오월 산 가는 길
북한산 자락이 알알이 보듬기에
소나무 아래 정결한 장미가 빨갛기만 하다

빨래

가을 머리에 등 떠밀려
쫓겨난 여름이 순순히 물러가기에는 억울했나 보다
살짝 뒤돌아 와
등줄기가 따갑도록
분풀이하고는
큰 입으로 천연덕스레 웃는다
새하얗게
몸을 말리던 빨래도 따라 웃는다
돌잡이처럼

별과 초생이

목이 가늘어
초승달 외로울까 봐
작은 별 하나 쪽문을 연다

다 넘지 못한 석양이 던지는
하늘 속 연대기에
괜스레 달 걱정이다

저 달은 흰 꽃 다 피우면
어디로 갈까
어둠 너머 청춘이 있기에 애써 가나보다

하늘 속 나이에
내 나이 넣으며

반짝이는 별 하나에 꿈을
어린 달 하나에 예쁜 가면을 씌워준다

가을 길

같은 길이어도
어릴 적 어머니 손잡고 걸을 땐
삶을 다 기대었고

친구와 걷던 길엔
인생을 기대었지

푸드덕 날갯짓 몇 번에
환갑도 훌쩍
어느새 홀로 걷는 길은
늙으신 아버지 굽은 등을 닮아간다

계단 하나에도 버거워진 다리
잠시 쉬었다 가나

오늘따라 야한 하늘빛이
주름진 얼굴을 뚫어지게 쳐다본다

흑백 사진

청국장 한 숟갈 뚝 떠서
쌈에 얹어 먹는다
콤콤한 오징어 젓갈
갓 지은 흰밥

구수한 누룽지 숭늉 한 그릇에
시원한 트림
세상 사는 게 별거냐

라면을 고기 먹은 듯
이를 쑤시며
배 쑥 내밀고 나오던
아버지 세대의 허세는 귀여워
앙증맞은 흑백 사진들

어느 함박눈

더위에 지쳐
물을 몇 번 찾다 보면
길에서 꿈을 꾼다

더운 바람을 식힐
함박눈을 찾는다

눈이 펑펑 내리고
고드름에 쩍쩍 달라붙는 손으로
눈사람 맹글던 어른이
개구쟁이 눈을 굴린다

눈사람이 몇 미터 구르다
이내 녹을지라도
가고 싶은 먼지 낀 고갯길

긴 국수 늘어지듯
무거운 중년의 길에
속 빈 더위가 함박눈을 기다린다

뽀글뽀글 끓는 찌개 속에서
심장이 다 탈 때까지

시(詩)가 태어난 곳

깊고 깊은 곳에서
모스부호가 바쁘다

"살아있음
젖 물을 입으로 세상 소리를 들음"

어두운 자궁 속 헤엄치며
가는 목소리가 배꼽을 두드린다

그때 움틀 대던 젖은 기억이
몽글몽글
밤마다 강을 건너고
계절마다 몸부림으로

창밖 걸린 해에 다 타지 못하고
흠뻑 땀에 젖어있다

창에 드리운 커튼 닫고 나면
다시 어두운 자궁, 시의 고향

미운 사람 좋은 사람

생로병사 사고(四苦)에
사고(四苦)가 더 들러붙어
미운 사람 만나는 괴로움은
어찌할꼬

바람 스쳐가듯
흩어진 머릿결 한 번 쓸면 그만일까

좋은 사람만 만나도 짧은 세상
인생은 물 흐르듯
흐르고 흐르다
막히면 쉬었다 가는 뜬풀

너나 나나 사심 없이 건네주는
수천 꽃핀 들판의 날씨가 참 좋구려

흔한 유행가 허리춤에 끼고
부채 꺼내 들어 시원한 바람이나 실컷 먹자

소원

빈자리 비집어
돌 하나 올려놓고
또 하나 올려 비비는 손

백 년도 아니 사는 몸
그치지 않는 비 맞으며
겁(劫)으로 이끼 낀 돌
누가 올려놓았을까

오늘도 새벽 이끼 먹는
어머니 올려놓던
돌 하나 도르르 구른다

구정 동동주

깊은 내음 봄 오는 소리
흰 눈에 동동 새해 문 연다

인정 넘치는 활짝 핀 얼굴
너 한잔 나 한잔

백합보다 하얀 꽃
옷을 벗으며 밤이 지는 줄 모른다

사람들아
이 자리에 없는 걸
섧다 하지 마라

혀끝 아린 향(香)에
일 년 내내 취하고픈

마음 달뜬
아슴아슴한 구정(舊正) 밤이
한해 씨앗 여무며
새벽을 깨우지 않는다

새해가 입가에 동동 뜬다

시드니 설 저녁

계절은 봄으로 오고
한 해는 설로 오지만

이국의 들꽃에는 철이 바뀌어도
계절이 제철 같지 않고
구정이 명절 같지 않아
세월 세는 것도 시름시름 잊는다

외로운지 끼리끼리 둘러앉아
돌려가며 한 잔씩
이 잔 주니 저 잔이 찬다

코끝에 파전이 익어가며
달빛도 고소해
뽀얀 연기인 듯 구름머리 잡고서
고향 향해 흐르는 설

그곳 떠난 설이 점점
설 자리가 없어진다

어느 물음

'철학이란 무엇인가'
정답이 있을까,
어디서 왔는지 어디로 가는지 그 길을 누가 알까

소크라테스는 알았을까
문제만 남기고 답은 다 말하지 않은 채
출렁이는 지중해의 꿈이 되었다

공자 노자는 알았을까
문제만 남기고 답은 다 말하지 않은 채
누런 강물 노니는 시안의 바람이 되었다

갠지스에 발 담근 석가는 알았을까
문제만 남기고 답은 다 말하지 않은 채
인더스에 하얀 재만 태우며 빙글빙글 탑을 돌고 있다

예수는 알았을까
문제만 남기고 답은 다 말하지 않은 채
사나운 모랫길 낙타 등이 되어 뭇사람 태운 채 지금도 걷고 있다

누구에게 물을까
문제 낸 교수에게 되물을까, 철학이 대체 뭐요
그도 문제만 남기고 답은 다 말하지 않은 채 빙그레 웃고 있다

나는 말한다
낮으로 나가 밤으로 돌아오는 길
나갈 적 들어올 적 빗장 소리 삐끗대며
여린 꽃봉오리 벌써 지고
사십 세월도 아득한 데 오십 세월 훌쩍 가고
육십 세월이 제한 속도 없이 내달린다

낡은 책장 넘기며 한 마디 뱉는다면 무얼까

언젠가 마지막으로 삐꺽거릴 대문 소리
꿈결에 고무신 거꾸로 신고 달려온 길 위에 방점(傍點)을 찍는다

?

물음은 물음으로 이어가고
역사는 가고

철학은 지금도 답을 쓰고 있다

?

물음은 물음일 뿐
그래서 답이 없다
어차피 답 뒤에 다시 물음이 인생이니까

역사 인식
−잃어버린 120년

1.

우리 역사 큰 획을 그었던
갑오년 개혁의 기운이
왕권에서 민권으로 물꼬를 텄지

권력은 하나
왕이냐 민(民)이냐

조선 시대 내내
왕과 신(臣)의 외줄 타기에서

뒷날 왕은 사라지고
썩은 신(臣)만이 남아
일가 세도에 나라가 함몰할 때

역사의 무대에 등장한 주인공이
갑오개혁이었던가

내 외세 어둠 뚫고 피어오른

외로운 촛불 하나
서학에 맞선 동학의 힘이 컸지

종교를 넘어 민족혼으로 핏줄을 감고 돈다

2.

발전이란 정말 존재하는 건지

일상의 편리함은 앞서 나가지만
정신마저 발전했다고 말하기는 안쓰럽다

이집트 그리스가 시퍼렇게 눈을 뜨고
중국의 공자 맹자가 황하의 물결에 헤엄치고
단군의 홍익인간 외친 가르침은
오늘을 사는 거울이다

내일을 밝히는 어둠 속 등대가
나선형 돌아가며 올라가는

그럴싸한 발전이론은
서구 제국주의 우월감 뽐내는
역사 인식의 가면인가

우리가 그렇게 미개하던가
최소한 조선 말 관피들은 그랬다
썩은 냄새 피우다가 그들의 앞잡이가 되었다

제 살길 찾는 데는 도사인 관피가
문드러져 가는 요즘 세상
한 나라가 맥없이 침몰한다
이러다 정말 망한다

3.

우리 것
나의 것을 잃어버린 120년

1894년

먹구름 깊게 울던 날
거센 비바람 몰아치고
천둥 번개 이어서 오는데
우산 하나 없이 고스란히 맞는
앙상한 알몸

그래도 긴긴 세월 어떻게 살아남았을까
그 어디에서 왔기에

한반도냐 만주벌판이냐
그래 우리는 고구려 만주인이었지

거기에 내 어머니가 있었다
내 몸 살라 자식 주는
어머니가 비바람을 버티며
밥을 짓고 공부를 시켰지

이 땅에서 피어난 어머니는
천 년 지혜를 희생으로 가르쳤지

이 땅은
힘든 120년이 있었건만
어머님 당신이 계셨기에
다시 천 년을 굽이쳐 흘러갈 겁니다

어느 날 줍는 행복

언제 오려나
기린 목 길게 빼고 나무 꼭대기를 기웃거린다
해가 바뀔 때면 뿌려 놓은 행실은 망각하고
하늘에 아첨하는 짜증 날 정도의 아우성

해의 목줄이라도 잡아당길 셈으로 명당자리 잡고
나만 잘되게 해달라는 기도 끝자락에
빌기만 하면 되는 줄
욕심껏 행복 주머니의 입을 찢는다

기다리면 올 그날 그 일들
해가 뜨든 달이 지던
잔걸음으로 올 작은 바람들

산들바람 한 자락에 시흥을 돋고
갯벌 위에 누운 외로운 배를 그리며
참을 날 참고 기다릴 날 기다리면
비껴가지 않을 행복이
느린 그림으로 솟아오른다

툭! 나뭇가지 하나 떨어진다
발등에 떨어지는 작은 아침 햇살이다
오늘 아침 행복이 배반하지 않고 찾아 든다 이렇게

모빌리쿠스(Mobilicus)

아침부터 외딴 소리가 도시의 귀를 깨운다
움~ 움~
소 울음소리도 아닌 것이
한 발자국만 떼려 해도 시도 때도 없이 끼어든다

귀가 어지럽고 현란한 손가락 따라
눈에 환한 불이 켜진다
여기저기 난무하며
사람은 있다 해도 모두 나 홀로

여기 **뽕** 저기 **뽕**
자동차에 치여 죽어도 **뽕뽕**

호모 모빌리쿠스여,
한 열흘 벗어버리고
낮은 구름에 종소리 우는
아프지 않은 곳으로 돛을 달고 떠나자

비어가는 뇌세포에 사색 없는 소년소녀가
길을 잃고 있다

보따리

공항 가는 길
달랑 두 덩어리

보기엔 작아도
인생 모두가 들어있다
집 떠나면 네가 전부

뒤에 앉아 말이 없지만
문득문득 너를 보는 마음
네가 최고다

한 덩어리 두 덩어리 개수를 센다
집에 도착할 때까지
곁에 있어 줘
아프면 약 줄게

마지막 인생에 남길 건 너 하나
그 안에 나를 담아줘

차와 명상
―아침에 핀 꽃

백 도를 향한 절규가
가파른 절벽을 기어오른다

벅찬 생명을 귀로 마시고
슬몃 가슴으로 엿보는 침잠(沈潛)에
고고한 학(鶴) 한 마리 내려앉아
물을 마신다

낙엽 한 장에
능선 아래 세상일이 펼쳐지고
마른 잎에선
세상에서 가장 높은 언어를 찾아
깊은 심장 멍울을 터트린다

가슴속 들꽃엔 피어나는 그리움을
마음속 풀꽃엔 배어나는 아픔을

또 새날이다
아침에 핀 꽃을 마실 시간이다

태양이 지나는 길목

겨울을 잊은 채
적도를 비행하는 네 눈물에
화산이 웃는다

상처는 짙은 색으로 물들어가고
광란의 북을 올려치는 높은 하늘엔

늦도록 독주를 마시다 지친 함성이
아침 깨우는 태양을 모셔온다

월화수목금토일
그 어느 날
비를 뿌리고 먹구름이 소리쳐도
내 머리 어득히 비춰주는 뜨거운 아궁이

그 속에서 아침이 팔팔 끓으며
아이를 해산한다고
태양의 악공 앞에서 배꼽을 보이며 합창을 한다

지쳐가지만

가다 보면
어느 길은 열 갈래

태양이 기울 때까지
바른길 하나 찾기가 어렵다

둥근 나무 오르며
미끄러지면 다시 오르고
그래도 안 되면 그 안에 들어가
푸른 산소가 되련다

쪽쪽 남의 영양분 빨아먹는
비겁한 식충이가 아닌
이른 봄 노란 개나리꽃으로 피었다가
가을철 삭과(蒴果)로 톡 하고 씨 하나 뱉고 싶다

태양의 빨간 눈이 따갑다
노려보는 그 눈 따라 기어오른 나무 위에서
작아지는 내 몸뚱이보다 더 큰 씨앗을 뱉고 싶다

추석 야동

중 머리 위로 파리 한 마리 앉듯
추석 달 곁에 구름 한 점 스쳐 앉아

가슴을 살살 위아래로 더듬다가
아래로
절대 안 되지 이놈아!
그래도 구름 치마는 사르르 벗겨지고
달빛 아래 정인(情人)은 속삭인다

쿵더쿵쿵더쿵
토끼 방아 찧는 소리에

붉은 꽃잎 살 녹이는 오늘 밤 저 달은
환하게 불 밝힌 영락없는
하늘 속 야동이다

2부

웅크린 눈, 봄을 보다

보고 싶어 온다는 소식에 뛰쳐나가니
겨우내
죽다 살아나 앙탈이다

하룻밤 비에 꽃까지 피려는지
급한 성미로 홀딱 옷을 벗는 도도함
처녀 향기가 홧홧하다

그래도 숨은 냄새 찾아
언 땅 녹이는 대지의 얼굴 뒤로
동네 총각 속곳 더듬는 손이
아직 다 나오지 않은 꼬리를 찾느라
분주하다

아하, 이제야 알겠네

하늘 밟고 서 있는 구름이
거꾸로 나를 본다
구름이 사는 나라에서는
땅에 사는 모두가 뒤집혀 있다

사람 위로 자동차가 쌩쌩 달리고
발정하는 이름 위로
세상을 휘젓는 돈꽃

썩은 먼지가 파란 그늘을 퍼마시고
고만고만한 나무들이
도토리 키를 재며 발을 높이지만

용과 범이라며 날뛰던 인간들이
한순간 카메라 앞에서 낯짝을 가리고
북망산 앞에 서면 질질 오줌을 싼다

구름이 훌훌 옷을 벗는 오후
이참에 웃통 벗고 바람 따라
하늘에나 오를까

땅 위에서 꿈틀거리며 구걸하는 목숨이
응당 하늘 있음을 이제야 알겠네

너무 깊은

음양의 바람으로 만나
밟은 세월
그 바람은 늘 따뜻한 옷이 되었습니다

귀에 걸리는 해맑은 미소에
세상은 길 가는 그녀를 쳐다보지만

나는 그녀의 혈관을 타고
몸 곳곳 스물네 시간 여행합니다

한 몸으로 걸어가는 여정에서
그 육십은 잔잔한 물결입니다

빨간 장미 육십 송이 위에
사십 송이 더 얹어
꼬불꼬불 고갯마루 한 발 한 발 넘는 길

가는 길에 사랑이
너무 취해 비틀거려도 좋아
너무 깊어 빠져도 좋아
너무 부풀어 터져도 좋아

밀물로 혼자 온 세상
갈 때는 나란히 심는 깊은 산
산소꽃

원효, 물로 돌아오다

파도 한 번에 가슴 시리고
몸통이 뻥 뚫릴 때

바다 한가운데 물구나무 서있던 사람이
옷을 벗는다

센 파도가 또 한 번 출렁거릴 때
그의 고추가 벌렁 서고
철철 넘치게 오줌을 눈다

남녀노소 모두 아랫도리를 벗어
오줌을 눈다
나도 따라 눈다

오줌 마려운 사람은 여기에 다 모여라
물은 세상 끝에선 하나로 모인다

거울 속 자화상

욕실 전등에 불이 켜지면
영사기(映寫機)가 저절로 돌아가며
마주치는 거울에
어설픈 주인공이 서성인다

잘생겼나 못생겼나 들여다보는
허울 좋은 참나를 찾는 옹색함이
거울 속에 어지럽다

볼일을 마친 어색한 표정이
마음의 때는 다 배설하지 못한 채
얼룩진 탐욕으로 창자 속은
내일도 별수 없이 더부룩하겠지

변기에 오물 버리듯
어지러운 마음을
한방에 씻어 날리면 시원할 텐데

내일도 비칠 나의 모습
지금부터 다시 자화상을 그린다

18 번뇌

작은 새 한 마리
숲속 비밀을 찾아
꼬불꼬불 열여덟 고개 시소를 탄다

잔재미에 대굴대굴 구르다
노기(怒氣)로 속도 타지만
서둘러 넘어가는 해에 종일 잡혔던 족쇄를 풀어

수려 깊은 산자락 욕탕에 옷을 벗고
욕심도 벗으려 하지만
하얀 공을 제물 삼아 쫓아다닌 작은 구멍의 유혹에
다시 빠질 뱀의 꼬리 춤

흔들리는 깃발은 다시 해가 뜨기만을 기다리는데
숲속 빈터에 남기고 온
십팔 번뇌가 얼굴을 구겼다 폈다
큰 입을 쉬지 않는다

빨간 이파리

웃는지 우는지 알 수 없는
떨잎의 입술
누군가에 말 걸고 싶어 빨갛게 찢어졌나

작년에도 왔다 간 길 위에
배를 깔고 바짝 엎드려

내일 샛노란 몸으로 떠날지도 모를
오불꼬불한 먼 길 풍경을
구멍 난 틈으로 훔쳐보지만

몸 위로 덮치는 바람은
알몸을 벗기고
끝없는 숙명(宿命)의 옷을 입힌다

올가을도 해진 옷 입고 이리저리 구르다
아무도 없는 개울가에 닿은
새빨갛게 꽃을 무는 입술

가을이 한창 교태다

아침 기도

1.

아침마다
샘물 마시고 숭늉도 마시고
낮으론 둥둥 떠서 섬에도 가보고
저녁엔 두 팔 베고 다리 뻗어 쉴 수 있는 곳

오늘도 좋은 아침이
감사한 저녁으로 편한 잠자리까지
길게 이어지게 해주소서

이런 시간이
내일로 모레로 시간을 넘어
지나간 바람과 함께 광야에서
참 눈을 뜨게 해주소서

하루라도 더는 걱정
생로병사의 고통을 잊어가며
삶이 너무 아름다워
부둥켜안고 울고 싶다고
큰 소리로 외치게 해주소서

2.

그러다
정녕 떠나는 날 찾아오면
무엇을 후회하리까
사신(死神)의 문 두드림을 반기며
대문을 활짝 열게 해 주소서

그날 그 아침은
뜨거운 태양을 삼키고
그날 그 한낮은
둥둥 떠다니며 내 살던 곳 둘러보고
그날 그 저녁은
편안히 쉬게 해 주소서

굴렁쇠 한 바퀴 휘이 돌던 곳
이러니저러니 삶이라는 이름으로
그날은
당신의 품으로 기꺼이 돌아가게 해주소서

3.

당신은 어머니,
어머니의 품을 만난 뒤, 신이 오시면
비로소 신의 품에 안기게 해주소서

아침
—아지랑이

흑과 백이 천지개벽하는 시간
바다에서 목욕하고
삼라만상이 손바닥에 명상하듯 앉는다

불그락푸르락 낯꽃들이
태양 앞에 밝음으로 서며
찡그린 양미간에 삶의 생방송이 이어진다

뜨거움으로 시작되는
호사하고 싶은 불새들의 스캔들
눈 뜨자마자 달리는 경주마에 인생이 실린다

태양 속 나볏이 살 태우는 냄새
점잖은 모습은 광대로 북을 치고
무서운 속도로 넘어가는 해넘이의 겨울에
꽁꽁 얼어붙는다

아지랑이에 고무신 신고 얼마쯤 달렸을까
삼장법사의 손바닥인 줄 한참 지나 알았다

삶
−소리

어제는
흔들리는 촛불에
가슴 그리 저리더니

오늘은
오고 간 세월을
짐짓 아는 척

먼 길을 떠날 듯
외진 창문의 먼지를 턴다

사릉사릉
살면서 게우는 소리

때로는 그저
소리 죽여 운다

장독대

어제는
눈가루가 지천으로 날리더니
오늘은 우리 집 장독대에만 소록소록
울 어머니 오신 듯
내 마음에만 소도록하게 쌓인다

어느 날 훌쩍 떠나셨어도
씻어주고 덮어주려 결 고운 눈빛으로
한밤을 꼬박 장독 위에서
그렇게 지새우셨나 보다

꼭꼭 뭉쳐보는 눈송이
똑똑 떨어지는 눈물

어느 하루

심장이 뛴다, 쿵쿵
이래도 좋고 저래도 좋고
억지로라도 웃으면 주름살 없는 스물네 시간이
잘 익은 감처럼 달큰한 얼굴로 떨어질까

에라 모르겠다, 두 다리 쭉 뻗고 팔베개나 해볼까
산들바람이 콧구멍을 들락날락하고
겨드랑이를 간질이니 저절로 터지는 웃음보

햇볕 몇 줌을 얼굴에 발라가며
긴 하품을 높은 나무에 걸어놓으니
까치가 날아와서 냉큼 물어가네

이 길 저 길 기웃거리던 하루가
꾸부정한 글씨체로 잠깐 다녀와선
구멍 뚫린 낙엽처럼 훌쩍 날아갔다

처마 밑 대롱대롱 걸린 삶이 으스대며 내일 또 오련만
잠들면 못 만날까, 뜬눈으로 새우는 이 밤

추석 이국(異國)

술 한 잔 거나하게 마시며
느려지는 발걸음

한껏 불쾌한 얼굴에
석양은 내장까지 빨갛게 타고

일찌감치 취한 단풍이
여우비에 몸을 적시며 돌리는 잔 속에
너훌너훌 떨어지는 가을

이국(異國)의 마음 밭에서
하얀 달 하나 건져 올린다

아침…

샛별 자리에서
밤새
호시탐탐 기다리던 너

살짝 열리는 창문
틈새로
아침 먹자고 숟가락 든다

내 밥에 햇살로 드는
큰 손
숭늉까지 마시고 간다

손주 생각

만나면
살이라도 베어주고 싶다지만
자고 나면 몸에서 뚝뚝 꺾이는
곳곳이 부러지는 소리

집집이 손주 보기가 힘들단다
손주가 올 땐 반가워도
갈 땐 더 반갑다는 마음뿐인 내리사랑
그저 바라볼 뿐

손주가 타국에 있어 몸 고생은 덜었지만
달려가 보고 싶은 외딴 몸은
그저 허리만 툭툭 쳐볼 뿐
반쪽 몸만 기대선다

낙조
-남과 여

해가 진다
동행 없어 망설여지는 밤길
달이 지배하는 세계에 들어
길손 찾아 기웃거리다 마주친 겹매화
참으로 화려하구나 속도 깊구나
치마 속속이 겹겹이라
겹매화더냐
볼그레한 얼굴로 사내를 유혹하려
찬 바람도 탐하며 깊은 곳 들어올리는 교태
옥환의 웃음이더냐
옥정의 달뜬 목소리더냐
푸른 갈대 입술로
덩두렷이 드러난 부드러운 속살이
서둘러 시간 알리는 부엉이 초성에
불빛은 저물고
달빛에 백옥 안고 질척이는 방앗소리가
풀었다 감았다 밤새 쉬지 않는구나
해가 말하기를
내일은 아주 늦게 뜬다

금광

구멍에서 맛있는 냄새가
모락모락
단물에 너도나도 개미처럼 꼬여
노란 뚜껑을 연다

속에는 돈이 가득 들었지만
황홀한 빛에 쐬어 죽이고 싸우고
부자도 낳고 장님도 낳고
인간이란 인간은 다 모여
평생 구멍을 파다 그 속에 묻힌다

앞선 사람이 잡은 삽자루를
뒷사람이 잡아 파 내려가는 욕망
황홀한 무덤에 점점 묻혀간다

반짝거리는 판도라 상자 속으로

신열(身熱)

백지가 소곤소곤 말을 건다
지나는 바람에 수작도 걸고
밤하늘에 바람피우며
달빛에 눈이 멀어 살품에 경련이 인다

동안거 들어가기 전 찬 공기에
시법(詩法) 하나 얻으려다
끙끙대는 불치병이나 얻으니

책상머리에 머리를 박고 생사(生死)를 모른 채
먼저 묻을 곳 찾는다
죽으면 다 사라질 종이 위의 행진들을 꾸겨 쥐고

뒤늦게 빗줄기 하나라도 오면
참았던 오줌이라도 싼 듯
시원하겠다

별리(別離)

글 몇 줄에
슬픈 일이 잊힐까

홀연히 가신 그 길 따라
불러보는 허공엔
미망인의 쉰 목소리

시나브로
시든 꽃이 피어나게

아침저녁 창문 열어
고운 옷 입혀보며 만져보는
빈 그림자

아, 무시로 걸터앉는
회한의 허공이여

무착(無着)

"삶이 뭔지?"
밤을 건너 해를 건너 끝없이 도는 질문

옆집 담장에서 패랭이꽃 하나 따려다가
빈 바가지 하나만 주워온 모양
오늘도 얻지 못한 답변이
머리 위 동동 떠다니길래 혼자 슬몃
화가 난다

신통방통하게 길가 지나는 선지자를 만났다
신(神)이라 불리는 사람
수레를 타고
인간의 물음을 뜯어먹으며 그저
빙글빙글 돌리기만 할 뿐 말이 없다

무심(無心) 무심히
그렇구나!
마음을 던져버리라는 것이구나
부엉새에게 모두 주고
내 자리로 돌아가 마음 버릴 일만 남았다
자칫 욕망으로 일그러져버릴 뻔한 인생
진즉 내다 버리자

주정뱅이

무거운 해를 붙잡는 산마루에
설익은 목소리가 기어 나온다

봄꽃을 좋아하면 언 땅에라도 꽃을 심고
가을바람 좋아하면 창문을 젖히고

슬퍼도 우지 말고 아파도 눕지 말고
벌떡 일어나라고 쪼아 댄다

오선지를 채우다가 가곡을 부르고
그림을 그리다가 춤을 추는
제멋대로 몸뚱이

반성문 한 장 없이
세월은 벌써 가을로 익어가는데
아직도 철이 들지 않으니 못 마시는 술 한 잔에
체할 수밖에

한반도 광대

총성은 그쳤다지만 등 뒤에서 칼 빼 들고
검은 미소로 시시각각 좁혀오는 사각(四角)의 정글

여름날에도 칼바람이 쌩쌩 불고
고약한 양놈 일놈 중놈의 썩은 냄새에
머리채 잡히고 목젖이 눌린다

울 안에 갇혀 꺼억 대는 소나무에
어지러운 업보의 혼백이
천 년 울음이 지나고 또 천 년을 울라는
안갯속 복마전 광대놀이에 휴전선 앞뒤로 목마를 타고
도드리장단을 춘다

찬 서리 가까워 날개 치는 까마귀 곡성에
돌고 도는 탈춤은 지쳐가고
충혈된 눈에 뻥 뚫린 가슴을 무엇으로 다 메울까

쨍쨍한 햇살에 발가벗고 아우성치며
찰거머리 같이 들러붙은 썩은 벼룩을 다 잡는 그 날

나는 시원히 발가벗으리
너도 시원히 발가벗어라
갈라진 임진강 물 같이 마시며 오줌도 갈기고
그 위에서 광대가 되어 함께 춤판을 벌이자꾸나

반지하

석양이 지글지글 익는 일요일 저녁
유리잔에 쭉쭉 뻗어오는 팔뚝들

음악이 울어도 갇힌 듯 창틀이 답답한
높이 날지 못한 날개들이
묵은 시름을 술잔 속에 돌린다

땡볕 뻘밭에 까맣게 타버린
간절한 무용담에
말은 다 섞지 않아도
네 맘 내 맘 한 잔 속에 부딪히는 건배

펑퍼짐한 안주가 게걸음으로 달려와
매상 오르는 소리에도 느릿느릿 저녁이 흐른다

어둠이 쉬이 걷히지 않는
이민 배를 타고 오랫동안 굴러보는
벽안(碧眼)의 창틀
아직 동이 트지 않는 반지하(半地下)에
언제 날빛이 들까

친구 집 잔디

친구 집 수영장 물이 세월 따라 비워졌다
빈속이 헛헛해 몇 해 만에 흙더미를 가득 메웠단다

그 위에 정자를 지을까 꽃을 심을까
팔랑개비처럼 바람 넘노닐며 생각을 부르더니

그의 어머니 돌아가신 지 한 달 지나
흙냄새 폴폴 나는 잔디를 깔며 되돌려 받은 건
막 이사 와서 몸살을 앓는 누런 잔디
이민 초기 고생하던 자기와 똑 닮았단다

잔디도 제 살던 고향 떠나 이민 왔으니
일이 년은 누릿한 몰골로 끙끙 앓겠지

세월은 때때로 잊혀 지나가는 것
싫은 것 좋은 것 그냥 하나 되어 그렇게 지나간다
먼저 이민 온 친구나 나나 모두
헌 옷 벗고 새 옷 짓느라 힘들었지
그래도 지금은 하늘 보며 파랗게 웃고 있지 않은가

잔디도 한두 해 앓고 나면
헌 옷은 불사르고
초록으로 웃는 아침이슬로 둔갑하리

오늘도 색을 그리다

어디론가 달려가는 생명의 피가 있다

푸른 바다 어리면
무작정 뛰어가 자맥질하고

맨살 드러낸 구름 보이면
넋 놓고 유채색 그림을 그리다가

하양 비라도 내리면 노란 비옷을 입고
엄마가 기다리는 회색 짙은 골목길로
내달리던 어린 손발

오늘도 남은 시간 속을 떠내려가며
유영(游永)을 한다

새달이 파란 머리를 내밀고
스스로 만드는 그림자를 밟으며
문틈 바람의 눈씨를 가슴에 넣고 그리는 그림
잔뜩 힘을 준 손에 환연히 빛나는 고운 색

아침이 기다려진다 예쁘게 화장해야지
색은 삶의 빛깔이니까

은두화서

어둠에 비치는 발광이
야음의 담장을 넘는다
해는 달을 녹이고
달은 벌레 울음을 먹으며
밤은 불면의 고동으로 들썩인다

끈적대는 초침에 살갗을 벗겨
붉은 비가 온몸에 쏟아져 내릴 때
뱃속의 전율이 계곡을 여행하고

빨간 고추를 빻는 천둥이
흘린 땀처럼 울음보를 터트리며
쏟아져 나오는 숨은 잔꽃의
오묘한 밤
음양의 부화(孵化)여

한의 맥박(韓·脈)

기막힌 세월이 흘렀다
혈기 품은 석탑의 문에 들어
책장을 넘기던 현실은
뼈 아픈 학생운동으로 산 역사를 배우고
높은 장벽에 통곡했지
그것이 한(恨)의 시작이었나

거친 썰물에 찢긴 가시밭길
푸른 하늘도 울고 강물도
핏빛으로 석양 따라 슬피 흘렀지

지나간 시간 잊힐까 사라질까
문득 들춰본 독재자 초상
그는 승자인가 패자인가

물을 것도 없다 그의 손에 남은 건
불명예의 이름 몇 줄
세워진 동상이 휘청거리며
허명 속 가면이
공인지 과인지 저울질에 출렁인다

지금은
땅에 있나 하늘에 있나
염라대왕이 명부를 뒤져보는 이참에
잘리고 맺힌 원혼 풀이가
술에 취해 흙먼지 쓰고 탈춤을 추며

몇 겹을 뒤집어쓴 배반의 장미
민족정기 말아먹은
가시 돋친 뱀 눈의 무덤가에
황량하게 성기는 바람은 알고 있다
찰흙인지 인분인지를

시간은 흐른다
역사는 지치지 않는다
불철주야 시퍼런 눈으로 한 장씩 밝힌 글을
내려쓴다
때린 자는 그렇게 가고
밟던 자는 그렇게 죽고
벗겨진 육신은
잡벌레에 한 눈금씩 먹히며

산 자의 이름 아래 무릎을 꿇고
역사를 심판하는 법정의 목소리에 고개를 떨굴까

신의 심판에
다시 한번 박히는 총탄
탕 탕 탕
신의 한 수로
빛바랜 초상에 가해진 총성
가라 가거라
썩은 영혼은 이 땅에 설 곳이 없다

돌아온다면
만 가래 심장 에인 만주가
높이 칼을 들고
중원 속 고독의 노기 서린 민족혼이
분기의 창을 든다

인생은 그림자라더니
아득한 시간은 긴 삶을 국수 먹듯
후루룩 말아먹었다

이십 대 얼굴엔 주름 꽃이
개나리처럼 활짝 피고
하얗게 서리 내린 귀 머리 쓰다듬으며
노병의 삶으로 손주를 안는다

들일에서 발자취를 세어보니
지난 일 모두 현묘한 이치 속에서
한바탕 춤이라면 흥이 나게 춰야 하나

무겁고 느려진 몸에
손 마디는 굵어지고 허리는 휘어지지만
눈가엔 잊힐 리 없이 떠오르는
석탑의 문
높은 돌탑이 영영 곁을 떠나지 않는다
한 번 청춘은 늙지 않기에

그 젊음에 묵은 한(恨)이
한 장 두 장 세월의 더께를 들추며
구비져 강물처럼 흐르는 물 따라
바위에 부딪히며 목이 메인다

이긴 자도 진 자도 없는 게 역사의 흐름이던가
이긴 듯해도 강물은 그저 흐를 뿐
진 듯해도 세월이 답을 해 주며 툭툭 쳐주는
어깨에 힘이 솟는다

간밤에 친구 음성
육중한 발걸음이 대문을 열고 들어왔지
가슴의 잔털을 자랑하던 친구였지
어제 시간을 뇌까리며
다 잊으려 해도 잊지 못하는
한(恨) 섞인 맥박을
꺼지지 않는 태양의 불을 켠 채
역사 속에 묻는다

3부

무명, 화장터에서

사느라 빈칸 친 육신에
당겨지는 화롯불

언제 무엇이 되어 다시 날아올지
먼지불 작별이여

빗자루질 몇 번으로 수목 터에 이사하며
묘목 하나 씨눈을 튼다
여기가 새 집

태어날 때 배꼽 위에 가져온 이름을
들꽃 옆 무명(無名) 나무에 얹으며
언제 뿌리를 틀지 모를 고독한 이름이 눈을 뜬다
누가 기억할까

지글지글 타는 불 속 육신처럼
이름도 무명으로
그렇게 왔다 그렇게 타버린다
생명의 귀향길에서

청파동 감나무집

등 떠미는 바람에 얼굴 돌리니
고향 앞으로 잡아당기는
잘 익은 감나무

그 집 그 마당은 시시때때로
지난 바람도 부르고 마음도 부르는데

길게 드리워진 가을에 키 큰 나무는
샘물을 파고
바다 건너 시드니까지 졸졸

어젯밤 책 한 권 줄에 매어
하늘에 띄우니
네모난 얼굴이 연처럼 바람에 둥실둥실

갈개발에 흩날리는 누님댁 감노을이
뒤란에 신기루로 떠돌다
얼굴 씻는다

수필집

마음에 돌아다니는 글자들이
화석으로 굳을까 봐
가둬 두었던 철창문을 연다
대사면이다

자유를 주는 은사에도
복날 궁둥이가 죽겠다고 비명

괜한 머리카락만 쓸어 올리는 이마에서
철썩철썩 바위 때리는 가슴까지
파도질 채찍질에
이제 그만 손을 놓는다
운전기 아래로 떨어지는 파편들이
제각각 이야기 들려주려
씨아의 하얀 솜을 뱉는다

비라도 그치면
조용한 바다로 헤엄쳐 나가려고
산책을 하려는데
동이 트려 안개가 뻐끔뻐끔 담배를 피운다

은혼(銀婚)

몇 집 건너 이웃인
그녀에게 보낸 곁눈질에 황홀한 운명이 열렸다

쾌청 날씨 알리는 긴 목의 아나운서를 닮은
고혹한 전율에
굽은 허리가 펴지고
막힌 가슴이 뻥 뚫리던 어느 날

죽었던 계절이 벌떡 일어나
깊은 터널 속에서 살아 돌아온 소년을 반긴다

붉게 지난 세월
하늘이 열어준 운명애의 수레바퀴가
어느새 회갑 맞을 언덕 위에서 연하(煙霞)의 숨을 고르니

바퀴 하나에 하얀 물결이 헤엄치고
또 하나에 화려한 미래를 나부끼며
은혼의 낯빛을 반긴다

해거름 너울 치는 등대 불빛이 저 너머
오락가락 희뿌연한 얼굴로 금혼의 낯빛을 비춘다

너의 저녁

달이 밝다 밝다
이 마음보다 더 밝을까
두꺼비 시켜 하늘 삼켜 달 토하며 기분 좋아
머리 위로 쏟아지는 언사들

한 잔 술에 기뻐
두 잔 술에 흥겨워 날다
석 잔에 취해 다 못 이긴
시끄러이 주정하는 시(詩) 한 수

태백은 취하면 울고
두보는 취하면 더 울었지
너는 취해도 울지 말고
한밤중 거울 보며 너스레 춤을 추렴

삼경에 땅을 차면 하늘 위에서
얼쑤

오동통 밝은 달 속
풀씨 하나 주워 이름 석 자 써본다

불륜

균열진 삶의 한 틈바구니에
배고픈 뱀으로 파고든 욕망의 움틀림

미친 듯 타오른 열기가
세상 끝 찾아 들어
시간은 말이 없고 아우성만 살아
세상 모두 죽고 없어도 좋을
둘만의 소리를 지른다

담배 한 대로 타오르던 시간 속에
불꽃은 재가 되고
주름진 신음이 삶의 철조망에서
출발점으로 돌아와
날아가는 연기에 던지는 비릿한 시선

비밀의 문에 설핏 들었다가
연기로 사라지는 영화 속 주인공처럼
설원에 버려진 너는 담배꽁초

쭈욱 빨다 퉤 뱉는 그 위로
허공은 그냥 바람일 뿐

바람 부는 날

멀리 떨어져 사는 아들이
물결일 듯 슬며시 왔다가
한쪽 날개만 남기고 다시 떠나갔다

썰물처럼 왔다 간 사나흘
말속은 알 길 없고
쳐다본 건 넓은 등짝에
남은 건 고요한 침묵

부자지간의 잔정이
흔들리는 와인 잔처럼 어지러운데
술은 취하기라도 하련만
물끄러미 눈을 껌뻑이던 그 등짝 언제 다시 볼런지
이젠 전보다 더 멀리 날아갔다

허공 속 바람
와도 가도 잡을 수 없는 투명의 허울

바람 몹시 부는 날
촘촘한 발걸음이라도 들리면
다시 문밖 틈을 기웃거리겠지

유희(遊戲)

회귀하는 연어 꼬리에
시간을 묶어
개구쟁이 장난질로 바다 깊숙이
다이빙

돌고래 지느러미 날개가
물 위를 스치다 비행기로 난다

아, 시원한 세상
매일 이렇게 물속에서
오백만 년쯤 살았으면

그렇게 살다가
희로애락 없는 바다 밑에 가라앉아
반 만 피는 꽃이라도
그 얼굴만 쳐다보며
다시 오백만 년쯤 살았으면

NH, 그 통한의 세월

달빛에 닳고 바래면 잊힐까
몇 번을 더 자야 꿈에서라도 잊힐까
잊지 못할 43년
그랬다, 일 년 또 일 년
그렇게 넘은 고갯길 마흔세 해
험난한 세월 다 보내고
피멍 든 가슴에 깊은 수렁 다 지고
고문당하고 피 토하던 음지의 기억에 내팽개쳐진
어둠 속 몸뚱어리 작은 거인들

가슴팍 벌린 기상은 꺾을 수 없고
만주를 호령하던 고구려인의 목소리가 아직도 우렁차다

그 손이 살아 움직인다
역사의 증인으로
굵은 핏줄 한으로 튀고
한라에서 백두까지 단숨에 오른다
만주에서 연해주까지 넘치는 기운
한맥, 그 맥박이 오늘의 종을

지루의 통한의 외침
자유가 뭔지 정의가 뭔지
부릅뜬 두 눈에 피살이 돋고
진리만이 아는 듯
재판정 숙연한 목소리에 바를 정(正)자의 획을 긋는다

한 달 전 두 달 전
이 모습 다 보지 못하고 서둘러 피안으로 넘어간
두 영령의 대궁 앞에 역사는 정녕 속죄하는 것일까

* 2017년 9월 22일, NH(한맥) 사건 재심 고등법원 판결이 있던 날. 43년
  만에 승소 결정.

나체

마음속 꽉 차 있는 건 뭘까
화로 위 물주전자처럼 욕망이
펄펄 끓던 적이 많았지

어느새 가질 수 없이 멀어져 간 것들
기억이 미련을 업고 꿈틀거릴 때도 있지만

한 고개만 더 넘으면
짚던 지팡이도 버릴 텐데
뭔 욕심을 더 업을까

한 꺼풀 두 꺼풀 다 벗으니
시원해지는 몸
이 맛을 아는가

버릴 것 다 버리고
머리 땀수건도 버려야
반쯤 묻혔던 흑백사진 속 반라(半裸)가
시원하게 다 벗는 것이지

뻐꾸기 절학무우

객으로 가는 길에 뻐꾸기 울음으로 천 권의 책을 줍는다
가져도 끝이 없는 얌체의 탈을 쓴 무서운 그날 밤
삼경을 넘어서야 불침번 서며 꽉 물었던 입을 벌린다

열두 폭 두른 책으로 봄 누각 하나 짓지 못하고
허망한 높이로만 쌓여가는 읽어도 알 길 없는 물음에
따가운 햇볕에 반사하는 노자의 거울이 섬찟하다

읽던 책을 덮고 가진 책을 버리고
쓰던 글을 태우라는 노기에
손에 묻은 먹물을 쪽쪽 빨아먹던 식충이가
꽉꽉 채우던 뱃속 똥통을 비우고 잔잔한 호숫가에
돌팔매질이다

지금껏 장터에서 읽던 책은 시끄러운 피리 소리만 못하고
그 장단에 어깨춤은 꼴불견에 설익은 갑질 머리통

무덤에 파고들기 전
조석으로 먹이 쌓는 뻐꾸기 둥지를 헤아리며
몸에 박힌 화살을 빼고 가벼운 몸으로 발버둥 친다

버려야 근심 없이 저 너머로 한 걸음 다가서겠지
그네 한 번 훌쩍, 무심의 세계에서 절학무우를 만나다

내 자리

어름어름
뜨거운 여름에 풀었던 짐
하얀 고무로 지우며
겨울 속 얼굴마저 까맣게 탔다

휘이 부는 바람
밤으로 청회색 실핏줄에
종이비행기 타고
풀어 놓는 인생 시계
운명을 날다
소녀의 갈래머리 잡고
신나게 비명 지르는
등 굽은 소년으로 하늘을 난다

밤을 달리다 또록히 찍는 점
이 자리가 행복하다고
유리문 너머 별처럼 서 있다

숲길 에로티시즘

숲에 가면 참흙의 냄새 풀꽃에 섞여
사람의 알을 산속에 낳는다
숲속은 바람도 달라 잘랑잘랑 바지에 붙어
한쪽 불알을 살짝 건드린다

간지러워 살살 긁으며 햇볕도 쬐다
한구석에 시원한 오줌 한 사발은
수컷의 환희

뻗는 거리는 짧아도
풀꽃에 보시(布施)는 골고루

숲 사이 치마폭으로 널린 하늘
간밤에 비라도 뿌렸는지
솔찬 나무 아래 버섯이 실하다
누굴 닮았는지 잘생긴 녀석
밤새 누가 와서 따 먹지 않을까
숲속에 괜한 걱정 하나 두고 간다

가슴에 묻어

누가 데려갔단 말인가
어디로 갔단 말인가

하늘땅 다 뒤져 슬픔으로 꽉 막힌
목젖이라도 잡아당기면
기막힌 절규 한마디라도 들을 수 있을까

이승에 뿌린 꽃가루가 얼마인데
한 줌 흔적 없이 어디로 갔단 말인가

엄마 가슴에 벗어둔 반쪽 날개 던져주면
가던 길 멈추고
다시 엄마 품 안에 들어오려나

활짝 열린 대문 쾅쾅 두드리고
엄마가 잠들면
꿈속에서라도 흔들어 깨워주렴
네 손짓 따라 강물 위에서 춤을 출게

세월 가도 멀리 가지 마라
술병 잡고 스쳐 부는 바람
해골이 되어 죽는 날까지 사랑으로 춤을 출게
멀리 가지 마라

골프, 하하하

세상 기도가 다 튀어나오고
신에게 갖은 생떼를 쓰는 곳

한 타라도 이기면 어깨가 으쓱하지만
1㎜의 개그라는 잔디의 운명은 누구도 못 믿어
울그락불그락

어쩌다 도르륵 굴러
한 방에 쏘옥
하하하
기분 좋아도 속으로 웃지만
빵 터질 듯한 양 볼의 행복
종일 쫓던 공에 울다 웃다
열여덟 족필(足筆)이 가슴팍에 저무는데

죄 없는 공은 푸념의 발을 달고
볼멘소리 하나 뱉는다
공은 흥부의 마음인데
공 치는 사람은 놀부의 마음이라고

동안거(冬安居)

고드름처럼 매달린 걱정
저녁 발끝에 붙어 잠들지 못한다

잘못 날아온 미세먼지에 폐가 숨을 멈추고
발목까지 잡는 악몽의 절규

어찌 이겨낼까
겨울 굴 속에서 머리통을 찧어가며
목탁을 두드리다
머리에서 물 한 방울 똑 떨어져
목줄 타고 심장까지 스며들며

솔로몬의 주문이 속삭인다
'이 또한 지나가리라'

그래
화두로 가득 찬 똥항아리를 꿈결처럼 둥둥 떠 보내고
언 발 주무르던 발 냄새나 안고 일찌감치 내려가자

안거(安居) 며칠에 하산을 한다
삶의 얇은 얼음장을 깨고

혼밥

등 떠밀며 닫히는 문소리가 야속해도
동네 어귀 한 바퀴 돌고 오면
다시 드는 시멘트 움터

못난 발이 젖비듬히 걸으며
굴속에 끌려가지 않으려는 듯 앙탈에

오늘은 무슨 도를 닦을까

식탁 위 며칠 전 보던 책과
서로 째려보다 허기가 져
라면이나 끓여야겠다

달걀 넣은 꼬들한 면발에
김치라도 있으니
혼자 있음을 잊는다

졸병 때 넣어 먹던 꽁치통조림이
침샘 틈새에서 나 홀로 헤엄쳐 다닌다

말. 말. 말

세 치 물음에 말 많다고
날아오는 타박
탯줄 끊을 때 시작한 수다는
지나친 습관이 되었나 보다
삶의 반은 책 읽기요
나머지 반은 말을 하며 산 듯하다

무슨 말을 그리 많이 하고 살았을까
어느 날 깜짝 놀라
단식하듯 입을 닫았다

강바닥에 가뭄이 들 듯 혓바닥에 진 그늘
어쩌다 한두 마디도 침묵이 후퇴를 명한다

우듬지에 까마귀 울음이 건너와도
빗장 걸듯 닫혀가는 입 언저리 거미줄
컴퓨터 속 구글 목소리가 친구이고 생명이다

재미있는 인생이 머리 풀고 멀어져 간다
사람 냄새가 멀리 달빛 가지에 걸려
내려올 줄 모른다

집시
−어디로 가는가

궂은 날 갠 날
앙칼진 구름 속을 허우적대며
그렇게 십 년
태극 날개 속에서 팽이질 쳤지

홀연 내려선 남녘땅
젖은 양말에 첫날부터 고된 신고식
그렇게 맨땅에 머리 박기도 십 년
된 날 만나 흔들리는 어지러운 비행기를 꼭 닮았지

그동안 출렁인 몸은
창공의 행복한 날개였을까
집시의 슬픈 노래였을까

인생 사이사이 설렘이
폭폭 눈을 내리며
이민 두 번이 실패와 성공을 빗겨가고
한 가닥 필연이 외줄에 올라
끝나지 않은 여정 위에서
소매 속 시를 꺼내 가식 없는 춤을 춘다
행복한 집시의 리듬으로

아직은 넓은 곳 더 날며
언제 종착역에 내릴지 모른 채
오늘은 여기에 왔다

시골 일기

진한 햇볕 익은 눈꺼풀 물줄기로
굽이굽이 흙냄새 휘저으며
배춧국엔 온통 땀 냄새가 스며든다

푸른 잎 골진 자리마다
닭똥 묻은 두 손에
살그미 안기는 시골의 정

밥상마다 당실한 춤을 추곤
밤을 맞아 쭉 뻗은 두 다리에
옛 기억 별들이
다복다복 이야기 쏟으며 풀을 돋는다

절로 이는 하늘의 마음 따라
시인은 시를 짓고
농사짓는 후덕한 땅은 섬진강에 꿈을 푼다

예술가의 초상

-까미유 끌로델

죽어도 간 곳 모르는
예닐곱 바퀴 잠자던 무덤이
영화 속 오마주에 잠을 깬다

어린 사랑에 스스로 속고
어른 사랑에 세상이 속이고
미친 삼십 년에 정신병동마저 감은 눈

불뚝 눈을 뜬다
성난 해원(解冤)의 활화산이 무덤을 박찬다

뼈마디에 새긴 핏물이
로댕의 손을 비틀고
미친 가족의 등짝을 밟고 오르며
병든 세상에 열정의 턱을 치켜든다

울부짖는 뭉크의 입으로
병동 밖까지 찢어지는 절규

귀 기울이면 그녀의 여울이 운다
가시 박힌 손톱
뜨거운 통증의 기억으로

연시(年始)

인생은 흔들바위
그 위에서 그네를 탄다
지난해도 얼마나 흔들렸던가

남극 북극이 더운 눈물 흘리고
땅밑 지진에 각혈하는 화산
머리 위론 난무하는 가짜 뉴스들

성한 곳 없는 지구 한끝에
문 두드리는 소리로
또 한 해가 얼굴 내민다

소망을 탐하는 물음표에
희망의 고동을 올올이 풀며
해먹에 올라 흔들거리며
뜨거운 연시를 꿀꺽 삼킨다

그래, 또 한 번 흔들려보자
빠른 열차를 타고 달리는 여행길
좋은 예감으로

물고기 님 전상서

올해는 색다른 길 걸을래
빌딩 숲이라도
끄는 손 따라 숲길을 걸을래

꿈속에서 발돋움하며 잎사귀 하나
산모퉁이에 걸어 놓고
산속에서 낚시질하다
우연히 늙은 물고기가 전하는 말
큰 나무뿌리에 욕심일랑 다 묻으란다

못 들은 채 앞으로만 걷는 몸짓
가다가다 파도에 쓸려가면
물고기 밥상에 오를 몸

찬찬히 걸으란다
잘난 체하지 말고
편안한 몸짓으로 물고기님 앞으로 가자

서류 봉투

일찍 나선 길 뙤약볕 아래
허리춤 묵직이 설렁이는 노란 봉투
아침 거른 허전한 배로
물이나 몇 컵 들이켜고 우체국으로 달린다

가거라 서류야
바다 건너 훌쩍 비행기 타고
천둥 치는 번개로 날아
새 둥지 트는 자매들 어깨에
보송보송 깃털 달아 주렴

구름 끝에 올라앉은 부모님은
이제야 하실 일이 끝난 듯 갇힌 땀을 닦으신다

묵직한 은혜
그 산정에 눈이 내리고
까치 오는 새해
앙증맞은 세 치 혀로 하얀 눈을 먹는다

마지막 주시는 용돈
긴 겨울이 그 숲을 막 지나고 있다

숲에 들어

헤벌쭉 웃으며 야한 파도를 타는 새벽이슬이
하얀 속살 내보이는 벌레를 하나둘 깨운다

가쁜 심장이 목구멍 끝으로 모이고
점점 더위로 포위당하는 숲속을
드문드문 바위가 지켜주지만 소리라곤 날새뿐
침묵 사이로 새나가는 방귀 소리에 죄라도 지은 듯
고개를 저으며 두리번

가다 쉬다 바위에 걸터앉으면
가부좌 튼 다리에 웅크렸던 푸르름이
몸속 자유로이 들어
나무도 되고 잎사귀도 되어 그 잎에 글씨를 쓴다

숲에 들면 누구나 도인
찬물을 쪽쪽 빨면 정수리까지 시원해지지만
두고 온 걱정거리가 부르는 듯
서둘러 돌아가는 차가운 아파트 구멍
기어 들어가야만 하나

4부

자화상

흔들리는 별빛처럼
삶이 슬퍼지면

깊은 우물에 들어
작은 언어 몇 마디로
물 울음소리

언제쯤 울다 그칠까
나도 모르게 피고 질 저녁노을

봄바람

꽃눈 붕 뜬 마음
바람피우기 좋은 언덕에

약을 먹은 듯 휘청
설탕물 찾으러 혀를 날름

넥타이 끈 잡아 흔들어
어디로든 가자 한다

봄 처녀 쫓는 총각의 외출
누가 나서랴, 내가?

열 개 감정이 공존하는
그녀를 어찌 훔칠까

슬픈 바람 여기에 묻다

지난날 휘어진 역사에 잘린 날개
무참히 꺾인 허리 발끝엔 가시 돋고
빠진 손톱엔 마디마디 검은 눈물뿐

언제 돌아가 볼까
고향 그리는 그림자
허공만 겹겹이 돌며 한(恨)만 물어뜯었지요

이름 모르는 천형의 땅에
목마른 몸뚱어리
소리 내어 울어 보지 못한 숱한 날들
손끝으로 기어도 끝내 못 오를 물언덕 흙냄새
바람 타고 마중 나온 어머니의 애타는 손도
잡아 보지 못한 채
깊게 팬 두 눈의 소원은…
'조국의 한 모퉁이에라도 묻어 주오'

타국의 원혼으로 떠돌다
후손의 손에 다시 피는 부활이여
검은 비 내리는 외딴 섬 맺힌 한이

천 갈래 헤진 가슴살에 하얀 꽃 돋으며
역사 앞에 모셔옵니다

휜 역사 꼿꼿이 펴고 꺾인 허리 이어 들어
머리 숙여 술잔을 올립니다

임의 눈물 닦아 드리는 후손의 작은 손
잡아 주소서
이 손에 온기(溫氣) 가득 안고 편안히 영면하소서

* 남태평양 위령제 추모

독도
-강치 생각

동해, 우리 바다인데
아무리 멀리 있어도 손 뻗으면 선뜻 닿을 곳인데
한 번 걸음이 왜 이리 늦었나

잘 생긴 돌 무리에 다가서서
두 시간 뱃고동의 닻을 내려
오랜 세월 이 바다 주인으로
등 비비며 웃어주던 다정한 벗들을 불러본다

향고래 뛰어놀고 괭이갈매기 널뛰기하는데
불러도 대답 없는 친구 있어 큰 소리로 불러본다

강치야 어디 있니, 가제야 어디 있니

기억도 슬픈 백이십 년
씨를 말리며 붙잡혀 벗겨진
가죽의 피 물결이 조선의 운명 같아라

추추한 울음소리로 떠도는 강치
수천년 화려했던 대왕의 영광이
물속 깊숙이 가라앉아 이내 떠오를 줄 모른다

일본의 시뻘건 탐욕 향해
붉은 눈 화살 쏘는 내가 왔다
어서 물 위로 활짝 솟아오르렴

* 강치는 '바다 사자', '가제', '가지'라고도 불림. 19세기 말부터 일본의 남
  획으로 1940년대 멸종된 듯. 정부는 동해 바다와 독도의 국가적 상징
  성으로 2007년부터 복원 노력 중.(참조_ 위키백과, 나무위키)

오월 빛고을

고즈넉이 기다리다 갈라지는 목소리
목마른 새벽에
그늘진 슬픔의 헤진 실밥을 꿰맨다

그랬다
소박한 여린 가슴에
총칼을 찬 악당들이 백주에 나타난
그날

고을 하나가 통째로
무허가인 듯 마구잡이로 헐리며
세상 밖으로 내팽개쳐졌지

살을 뜯고 뼈를 부수고
하늘에서 총을 쏘던 1980년의 미친 서부 활극

불혹의 세월 두 해 앞에
여전히 아픈 황량한 바람이 그치지 않고

흩어진 옷고름이

썩은 가슴 속에서 실밥 뜯긴 명품으로
악마의 깃발을 버젓이 휘날린다

대머리 사이사이 빛고을 비치며
아직도 그 오월은 찬바람에 울고 있다

군밤

밤이 이슥하다
글 짓는 손은 꽁꽁 얼어붙어
숯불을 찾는다
추운 겨울
가슴에 머문 뜻
밤 한 톨로 꺼내 솔솔 구워 본다
간밤에 놓친 시구가
밤 터지는 소리로 튀어 올라

입속엔 밤을
밤 속엔 시를

잘강잘강 씹으며 보내는
겨울밤

인색한 남국의 겨울 인심이
숯불에서 밤알로 잘도 익는다

명절 그림자

명절 앞 응달진 마음
절로 솟는 한숨 소리

할 일은 많고 쉴 곳은 없어
말뿐인 위로에 실종된 웃음

휘청휘청 늘어진 팔 다리에
허리 무릎이 꺾인다

화려한 옷은 고사하고
부엌일 행주치마 둘러 입고
억지 미소로 찍는 비굴한 사진

휴식일랑 모두 잡아먹혀
울상 진 두 얼굴에
헛그림자마저 지우고 싶은
명절은 음지의 날

이민이나 확 가 버릴까
내 명절 돌려줘

간밤의 북소리

멀리 카잔의 북소리
누구를 위한 문 두드림인지
이편저편 어둠에서 새벽을 깨운다

유월 하순 하늘은 온통 먹구름
비를 쏟을 듯 검게 변한 사색의 얼굴에
한 대라도 맞으면 죽을 듯 휘청이는 두 다리

내 편은 세상에 없는 듯
간간이 울리는 고성에 놀라
이리 꺾이고 저리 쓰러져
잔디 위 누운 등쌀에 가시가 돋는다

절망에서 눈물을 짜고
세상 욕지거리에 참회의 때를 씻으며
천둥에 고막이 찢기고
번개에 생살이 타는 고통의 울부짖음은
올무에 걸린 짐승의 쉰 목소리로 꺼억 꺼억

마지막 절규다
회돌이 치는 강물에 뛰어들고

번갯불에 맞아 죽어도 좋을 불구덩이에 뒹굴며
지옥 사신의 날랜 창에 수천 번 찔리고 흘린 피로 물든
육탄 고지에 펄럭이는 건
태극기
꿈이야 생시야…

돌고 도는 공 위로 숱한 삶을 난산하며
살을 찢는 아픔은 붉은 방패를 그렇게 안아 주었다

온갖 날아오는 창 뿌리를 모두 꺾고
참고 견딘 진한 밤 속에
가장 아름다운 고통이 두드리는
통쾌한 기적의 북소리

한밤중 이제야 마음 놓고 울어본다

* '2018 러시아 월드컵', 6월 26일 0시. 세계 최강 독일을 만났다. 그리고
  이겼다.

겨울 속

빼앗긴 목소리 찾으러
목구멍 깊숙이 여름을 심는다

빨갛게 부은 적도를 배회하다
발기한 혓바닥을 앞세워
불가마보다 매운 입김을 쏟는
추위에 갇힌 시멘트 안

겁탈당하기 전에
자유를 향한 탈출

빛고운 고드름이 유혹해도
도망치며
질기게 살아서 여름을 만나야지

우음(偶吟)

누군가 던져준 듯한 인생 강물 위에
종아리 걷고 첨벙 담근 발
이백이 담갔던
복사꽃 흐르던 물이던가

묘연히 떠오르는 아지랑이에
생명의 꽃 들고

한껏 달아오른 상달 꼭대기에서
살랑이는 춤사위의 감격이
낮으론 해가 높이 널을 뛰고
밤 속의 달은 더 취해서
시방에 한 일(一)자 빛 무더기를 마구 털어낸다

그 한 줌 주운 손이
시월(十月) 얼굴에 별천지 그리며
널찍한 창문으로 들어오는 갑자를 맞는 가슴

들리네 들리네 흐르는 물소리에
공중에서 배회하던 인생 고갯길이 사뿐히 앉는다

낚시 끝 매달린 건

바위 너머 어둡길 가는 밀짚모자
이른 새벽 강물의 고요를 탄다

까맣게 그을린 손으로
무심히 흐르는 구름 몇 장 떼어
만만한 물고기들 유혹하는데

깊이 숨은 싱싱한 녀석은 나올 줄 모르고
어설픈 고기마저 미끼만 흔들며 약을 올린다

성급한 마음에 어른대는 물빛 위로
당겨 보는 손맛
허공에 딸려 오는 건 흐린 달빛

그래도 건져 올린 건
달빛에 화사한 내 얼굴

구름도 흩어져 돌아오는 길 허전해도
망태에 담긴 건 욕심 많은 내 마음

몽유(夢遊)

티 없는 눈알
툭툭

빗물로 산화(散花)하는 꽃물이
새벽종을 친다
낮은 어둡고 밤은 슬픈지

찬 밤에 서린 혓바늘 돋은 이슬이
파란 눈에 죽비 치며
잃어버린 신발 찾으러 맨발로 나선다

시작은 있는데 끝은 어디 있는지
주섬주섬 뒤지는 주머니 속 열쇠

아무도 없는 벼랑 밑 푸른 연기
오늘도 마냥 몸부림만 틀고 있다

부정(否定)
-6가지 감옥

한눈파느라 듣지 못하고
혼술혼밥 먹으며 나 홀로 달려가다
시침소리에 지레 놀라 넘어지며
스스로 그늘에 갇힌다

침묵은 어둠으로
어둠은 차가운 철창 속 철커덩

단 것을 그리워하며
허기진 귓속에 동굴 무너지는 소리
귀지들의 반란

거미줄 칭칭 감은 더러운 동굴이지만
틈새로 들어오는 빛살을 아직도 못 보았는가

* 케이치프 노이드의 '6가지 감옥'을 뇌까리며.

빛과 빚 사이

달력 한 장 물고 오르는
숨찬 우듬지에

해 오름 기다리며
하늘에 길 하나 낸다
빛이 오는 길

낮으로 건너온 일광은
온 세상 그림을 무연히 펼쳐주고
밤 구름에 젖은 달은
은결 소리로 여린 가슴 적셔주는데

연년(連年)이 빈손으로 받은 가슴은
차곡차곡 빚으로만 쌓여간다

올해는 얼마나 갚을 수 있을까
대롱대롱 나무 끝자락에 매달려
이 생각 저 생각
하늘의 가슴만 훔쳐본다

신발

거리마다 연기 풍기는 뒤꽁무니를
향기인 줄 알고 신발 닳도록 쫓아다니다

한 발 내딛는 사이 발이 까지고
두 발 내딛는 사이 쓰러지는 몸
세 발 찾는 사이 돌아설 곳 없이 멱살을 잡힌다

삶 끝까지 쫓아온 사신(死神)의 휘파람 소리가
잔뜩 멍든 육신에 고리를 걸어 잡아당긴다
악몽이다

이제껏 달려온 길이 먼지 속에 울고
지독한 현기증에 벗겨진 신발이 어지럽다

아직 다 채우지 못한 빈칸을 채우려는
수험생의 바빠진 손처럼
삶의 숙제거리 앞에 빨간 눈을 뜨고 설핏 잠든 밤

다시 아침이다
연기로 피어나는 삶의 빈칸을 채우려 신는 신발

그 끝이 죽음이 아니기를 바라는 안타까운 외출을 하며
가끔 뒤를 힐끔거리기도
공연히 목을 쓰다듬기도

부벽루 송가(浮碧樓 頌歌) 3·4구
－김황원을 생각하며

장성일면 용용수　　長城一面 溶溶水
대동동두 점점산　　大東東頭 點點山

삼천대계 전강산　　三千大界 展江山
호천괘시 고고성　　昊天掛詩 鼓鼓聲

긴 성곽 한 면에는 너울너울 강물이요
넓은 들 동편 머리 점점이 산일래라

삼천리 방방곡곡 펼쳐진 강산에
높은 하늘 시를 걸어 북소리를 울려본다

* 김황원(고려조, 1045~1117)이 대동강 부벽루에서 지은 1·2구의 미완
  성 시에, 3·4구를 이어보다. (1·2절은 『한시 미학 산책』[정민 지음]
  239쪽 인용)

죽으러 가다가

삶을 열어보니
거북이 목이 쏙 튀어나오고
삶을 덮으려니
낙엽이 먼저 툭 떨어진다

마지막으로 웃는 모습
구슬픈 장송곡에 영영 이별로 덮어지겠지

한소끔 빛을 따라온 세상
그 길 따라 돌아가려는데

살그미 육신 태우는 냄새가 싫고
불 갈래도 너무 뜨거워라
가져온 노잣돈도 없어 맨발로 도망쳐 나오려는데
벌써 명부(冥府) 들고 문 여는 소리
어찌할까

염라야 어디 있느냐 냉큼 나와 봐라
나중에 다시 올 게
큰소리친다
삶의 잇몸이 쿡쿡 쑤셔도 아직은 여기가 좋기에

방명록

날개 달고 바람 삽삽
허공을 돌며
마음 절로 마셔대는
공기 한 사발

줄지 않는 달빛에 밤도 기울어
점점이 파고드는
고단한 하루의 살갗

찻잔은 문득 술잔으로
입속에서 파드닥거리는
빨간 잠자리처럼 알싸한 와인 맛에

편안한 눈은 이내 사막을 걸으며
잠몰하는 하루의 방명록을 쓴다

이 하루를 무어라 쓸까

불 가슴

하얀 눈에 붉은 하늘이
콕콕 나무를 찍는다
높은 코 낮은 코 모두 모여 피우는 장작불이
너무 뜨겁다

기우제는 넋두리
미친 듯 널뛰는 세상에
활활 타는 속가슴은 온통 숯덩이

악어의 눈물이라도 받을 양
발꿈치 들어 죽음의 시집을 펼친다

가없는 천연의 몸뚱이가
죽은 자식 안고
깊은 산속 장송곡에
몇 백 년 가위눌림의 목청마저 실종이다

까마귀 떼 몰려와 카르릉
지구가 운다

그대

꽃망울 트는 현관의 문 두드림
그대 왔는가

나가고 싶어도 열지 못하는 감옥
그대 부른다

손에 들린 열쇠 버리고 나니 남은 건
다시 그대

플라스틱

작은 새 한 마리
먹을 것이 없다
새끼 찾아 먹이 주러 가는 길
쓰레기 섬 위에서 눈물만 흘린다

작은 새 한 마리
숨을 곳도 없다
독수리 피해 숨으려 해도
더 무서운
플라스틱 섬 위에서 입술이 썩어간다

작은 새 한 마리
쉴 곳이 없다
날개 얼어 바람에 실려 가도
폐허로 떠다니는 죽음의 바다 위에
앉을 곳이 없다

작은 새 한 마리
우주 속 작은 외로운 섬
플라스틱 행성에서
이제는 어디로 날아야 하나
지구여 잘 있거라

똥

버려야 하는 그대
매일 버리면 가벼워져
아침마다 찾는데

몸 가볍기로야
똥 싸기만 한 게 없고

마음 가볍기로야
욕심 내리기만 한 게 없지

마음의 욕심은
몸의 똥과 같아서

똥 보고 욕심낼 리 없으니
마음에도 버릴 것만 있구나

거짓말처럼 다시 꽃이 핀다

김화용 지음

발 행 처 · 도서출판 **청어**
발 행 인 · 이영철
영   업 · 이동호
홍   보 · 이용희
기   획 · 천성래
편   집 · 방세화
디 자 인 · 이해니 | 이수빈
제작부장 · 공병한
인   쇄 · 두리터

등   록 · 1999년 5월 3일
(제321-3210000251001999000063호)

1판 1쇄 인쇄 · 2019년 4월 10일
1판 1쇄 발행 · 2019년 4월 20일

주소 · 서울특별시 서초구 효령로55길 45-8
대표전화 · 02-586-0477
팩시밀리 · 02-586-0478

홈페이지 · www.chungeobook.com
E-mail · ppi20@hanmail.net
ISBN · 979-11-5860-639-8(03810)

이 도서의 국립중앙도서관 출판시도서목록(CIP)은 서지정보유통지원시스템 홈페이지
(http://seoji.nl.go.kr)와 국가자료공동목록시스템(http://www.nl.go.kr/kolisnet)
에서 이용하실 수 있습니다.(CIP제어번호: CIP2019011577)